로봇 엄마

SEOUL, 2008

미안한 마음과 사랑을 담아
프레디에게

로봇 엄마

초판 제1쇄 발행일 2008년 3월 25일
초판 제44쇄 발행일 2022년 3월 20일
글 에밀리 스미스 그림 조지 버켓 옮김 김영선
발행인 박헌용, 윤호권 발행처 (주)시공사
주소 서울시 성동구 상원1길 22, 6-8층 (우편번호 04779)
대표전화 02-3486-6877 팩스(주문) 02-585-1247
홈페이지 www.sigongsa.com/www.sigongjunior.com

ISBN 978-89-527-8627-2 74840
ISBN 978-89-527-5579-7 (세트)

*시공사는 시공간을 넘는 무한한 콘텐츠 세상을 만듭니다.
*시공사는 더 나은 내일을 함께 만들 여러분의 소중한 의견을 기다립니다.
*잘못 만들어진 책은 구입하신 곳에서 바꾸어 드립니다.

KC마크는 이 제품이 공통안전기준에 적합하였음을 의미합니다.
제조국 : 대한민국   사용 연령 : 8세 이상
책장에 손이 베이지 않게, 모서리에 다치지 않게 주의하세요.

로봇 엄마

에밀리 스미스 글 · 조지 버켓 그림 · 김영선 옮김

시공주니어

1

우리 엄마는 다른 엄마들하고 다르다. 기막히게 영리하다고나 할까? 하지만 터무니없이 멍청하기도 하다.

왜 그런지 지금부터 내가 말해 주겠다.

우리 엄마는 컴퓨터 도사이다. 그리고 엄청 큰 회사에서 로

봇에 관련된 일을 한다. 엄마는 하루의 반을 방정식을 생각하며 보낸다. $x = \sqrt{z+y}$, 이런 것 말이다. 내가 방금 우리 엄마가 방정식을 생각하면서 하루의 반을 보낸다고 말했나? 4분의 3이라고 말하는 게 낫겠다. 아니, 5분의 4인가?

하지만…… 엄마는 살림이 영 서툴다. 일상적인 일들 말이다.

뭐부터 얘기해야 할까?

그래, 먹을 것. 엄마는 먹을 것이 떨어지면 나가서 사 와야 한다는 간단한 사실을 아직도 제대로 깨닫지 못했다. 무슨 말이냐 하면, 나는 반숙으로 삶은 달걀노른자에 토스트를 찍어 먹는 것을 좋아한다. 정말이다. 하지만 이제 그 요리는 먹을 만큼 먹었다. 정말 질렸다!

엄마는 옷 사는 것도 잘 못한다. 나는 단추가 떨어져 나갈 때까지 옷을 입는다. 그리고 단추가 떨어지고 나서도 계속 입는다(단추가 떨어진 옷을 입으면 폼이 안 난다. 내 말 믿어도 좋다).

그리고 옷을 빨거나 서류를 쓰거나 냉장고에 낀 성에를 없애는 것 같은 일에 대한 엄마의 성적표는…… 음, 뭐라고 해야 하나? 완전히 '엉망'이다.

엄마들이 보는 실기 시험이 있다면, 우리 엄마는 낙제를 할 것이다. 그것도 꼴등으로. 수, 우, 미,

양, 가 가운데 틀림없이 가를 받아 올 것이다.

이따금 나는 우리 엄마가 스넬링네 엄마 같았으면 좋겠다. 스넬링네 엄마는 우리 학교에서 일등 엄마이다. 어떤 엄마인지 다들 잘 알 것이다. 날씬하고, 깔끔하고, 옷 잘 입고, 하는 일마다 뚝 소리 나게 해내고. 또 머리카락 한 올 삐져나와 있지도 않고, 일 분도 늦지 않고 학교 교문 앞에 와서 딱 기다리고 있고, 또……. 흠, 다들 머릿속에 그림이 그려질 것이다.

엄마가 뭐 하나 도움이 안 될 때, 내가 어떻게 하느냐고?

어떤 때는 그냥 모르는 척하고, 어떤 때는 웃어 버리고, 어떤 때는 잔소리하고, 또 어떤 때는 조심한다!

하루는 모든 일이 엉망진창이 된 적도 있었다.

맨 먼저, 엄마가 지갑을 잃어버리는 바람에 수학

여행비를 학교에 내지 못했다(깁스 선생님은 엄청나게 화를 냈다).

또 학교에서 수업을 듣다가, 나는 문득 엄마가 내 체육복을 깜빡 잊고 빨지 않았다는 사실이 떠올랐다. 그래서 할 수 없이 밥 존슨의 체육복을 빌려 입었다(하지만 밥의 반바지 체육복은 자꾸 흘러내렸다. 녀석이 나보다 덩치가 크기 때문이다. 이안스 스넬링이 옆에서 낄낄 웃어 댔다).

집에 돌아왔을 때, 나는 똑똑하신 우리 엄마가 내가 보고 싶어 하던 영화를 비디오로 녹화하는 데 실패했다는 사실을 알게 되었다. 그 영화 대신에 엄마가 무엇을 녹화한 줄 아는가? 골프 경기였다. 골프! 골프! 골프!

이것은 작은 일이었지만, 지금껏 쌓인 게 있었기 때문에 나는 화가 머리끝까지 치밀었다. 나는 마침내 폭발하고 말았다.

내가 버럭 소리를 질렀다.

"엄마! 엄마가 손댔다 하면 뭐든 엉망이 돼요! 뭐든지!"

엄마는 내 머리를 쓰다듬었다.

"미안. 엄마가 요즘 하도 바빠서……."

"엄마는 정말 대책이 없어요!"

내가 고함을 치자 엄마는 멈칫했다.

"글쎄, 엄마가 잘못한 게 한두 가지 있긴 하지만……."

"한두 가지요?"

내가 다시 물었다.

"한두 가지라고요?"

나는 엄마가 잘못한 일을 하나하나 늘어놓기 시

작했다(인정한다. 나도 이런 내가 자랑스럽지는 않다. 하지만 어쨌든 난 그렇게 했다).

그런데 갑자기 엄마가 벌컥 화를 냈다. 이제 엄마가 악을 쓰기 시작했다.

"잠깐만, 제임스! 넌 이 엄마가 뭐라고 생각하니? 로봇이라도 되는 줄 아니? 로봇 엄마? 네가 바라는 게 그거야? 로봇 엄마?"

그 순간 우리는 서로를 말똥말똥 바라보았다.

2

만약 다른 사람이 '로봇 엄마'라고 말했다면, 그건 그냥 농담이었을 것이다.

하지만 우리 엄마는 아니다. 윽, 맙소사! 엄마가 로봇 엄마 얘기를 꺼내면, 엄마는 진짜로 로봇 엄마 얘기를 하는 것이다. 로봇 엄마라니!

그 생각을 떠올린 지 몇 초도 안 돼서 엄마는 얘기를 술술 풀어 놓았다.

"우리는 M—3을 개조할 거야! 적어도 메모리가 20기가바이트는 필요할 거야."

"하지만 엄마……."

엄마가 초롱초롱 눈을 반짝이며 말했다.

"빨래며 요리며 쇼핑까지 모조리 다 할 거야. 모든 일을! 내가 잘 못하는 일을 죄다 할 거야! 넌 가끔 충전만 하면 돼. 그럼 끝이야."

"어, 엄마……."

엄마는 햇살처럼 환하게 웃었다.

"자, 그럼 이제 모두 결정됐다!"

"음……."

나는 곰곰이 따져 보았다.

'이런저런 물건들이 가지런히 정리되어 있으면 기분도 새로워지겠지? 로봇이라면 틀림없이 스넬

링네 엄마보다 일을 척척 잘할 거야! 게다가 진짜 로봇이 가까이에 있다니, 얼마나 멋진 일이야?'

내가 말했다.

"좋아요."

로봇 엄마는 3주 뒤에 배달되었다(엄마는 직장 일과 관련된 것이라면 무엇이든 늘 귀신같이 해치운다. 엄마는 나한테 완벽하게 작동하는 로봇을 갖다 주었다. 하지만 전구는 또 깜빡 잊고 안 사 왔다).

로봇은 진짜 환상적이었다. 생김새도 환상적이었고, 움직이는 모습도 환상적이었고, 말하는 모습도 환상적이었다.

로봇 엄마가 핑핑 소리를 내며 말했다.

"반가워요, 똑똑한 제임스!"

"어…… 안녕."

"저는 당신의 로봇 엄마입니다, 똑똑한 제임스.
저는 주로 기능적인 명령을 받아 수행합니다."

나는 침을 꿀꺽 삼켰다.

엄마가 말했다.

"일을 한다는 뜻이야."

"아, 잘됐네."

내가 조그맣게 말했다.

"그런데 로봇이 왜 나를 똑똑한 제임스라고 부르는 거예요?"

"아, 그건 저 로봇이 네가 사람이라는 것을 안다는 뜻이야. 그 소리가 듣기 싫으면 로봇한테 그 말은 하지 말라고 하면 돼."

"어떻게요?"

"로봇한테 말하면 되지."

나는 입술을 깨물었다.

"로봇 엄마?"

"네, 똑똑한 제임스?"

로봇한테 말하면 되지.

"나를 똑똑한 제임스라고 안 불러도 돼. 그냥 제임스라고 불러."

"알겠습니다, 그냥

제임스."

로봇 엄마의 앞쪽 계기판에서 불빛이 번쩍거렸다.

"데이터 덮어쓰기 완료!"

엄마가 코트를 집어 들었다.

"그럼 이제 너 혼자 잘해 봐라! 엄마는 우주선 도킹 시스템 일을 계속해야 하니까. 소수점 아래 스무 자리까지 정확해야 하거든."

엄마가 옷 단추를 몽땅 잘못 끼우면서 말했다.

그러고는 문을 닫고 나갔다.

나는 덜렁 혼자 남게 되었다. 빼기 엄마 하나, 더하기 로봇 엄마 하나.

로봇 엄마는 제자리에서 한 바퀴 빙글 돌더니 핑핑 소리를 내며 말했다.

"집 안 허드렛일 시작."

그러고는 집안일을 하기 시작했다.

다리미질…… 휙휙!

고장 난 물건 고치기…… 뚝딱뚝딱!

진공청소기 돌리기…… 웅웅!

부엌 바닥 청소…… 삭삭!

샌드위치 토스터에 끼어 있는 빵 부스러기 없애

기…… 탁탁, 탁탁, 탁탁!

곧 집 안에는 티끌 하나 찾아볼 수 없게 되었다.

"집 안 허드렛일 완료!"

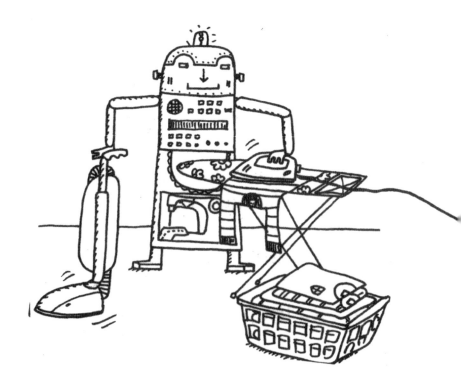

로봇 엄마가 핑핑거리며 말했다.

"이제부터 저는 어린이와 놀기 상태로 들어갑니다."

로봇 엄마의 몸에서 불빛이 번쩍거리기 시작했다.

"게임을 고르세요, 그냥 제임스."

우리는 틱택토 게임(3×3판에 두 명이 각각 O와 X를 써서 가로, 세로, 대각선 중 아무렇게나 한 줄로 먼저 놓는 사람이 이기는 놀이 : 옮긴이)을 했다.

로봇 엄마가 이겼다.

그다음에는 상자 그리기 게임(점을 여러 개 찍어 놓고 이웃하는 점을 연결하여 먼저 상자 모양을 완성하는 사람이 이기는 놀이 : 옮긴이)을 했다.

로봇 엄마가 이겼다.

그다음에는 카드놀이를 했다.

로봇 엄마가 이겼다.

그다음에는 '교수형'이라는 낱말 맞히기 게임

(한 사람이 어떤 한 낱말을 생각하면, 상대방이 알파
벳을 하나씩 부르고, 그 알파벳이 낱말 속에 없으면
사람이 교수대에서 목매 죽는 그림의 획을 하나씩
그리는 놀이. 그림이 완성되기 전에 낱말을 맞히면
이긴다 : 옮긴이)을 했다.

또 로봇 엄마가 이겼다. 나는 기분이 이상했다.
왜냐하면 우리 엄마는 교수형 게임을 할 때 늘 내

가 이기도록 해 주었기 때문이다. 내가 계속 틀린 글자를 말하면, 엄마는 괜히 단추나 우산 같은 것을 그려서 목매는 그림이 완성되지 않게 했다. 하지만 로봇 엄마는 곧이곧대로 규칙대로만 했다. 잘났어, 정말!

로봇 엄마가 핑핑거리며 말했다.

"틱택토 놀이를 다시 하고 싶습니까? 당신이 원한다면 제가 지도록 프로그램을 만들 수 있습니다."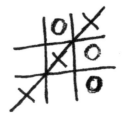

"아니, 그럴 필요 없어."

"그럼 체스를 두시겠습니까?"

내가 꽥 소리쳤다.

"싫어!"

로봇 엄마의 몸에서 불빛이 잠시 번쩍거렸다.

"그렇다면 저는 어린이와 놀기 상태를 끝내고 쇼핑 상태로 들어갑니다."

나는 입이 쩍 벌어졌다.

"쇼핑?"

로봇 엄마가 말했다.

"쇼핑."

나는 침을 꼴깍 삼켰다. 모든 것이 내가 감당하기 벅찰 정도로 빠르게 진행되었다.

"뭘 살 건데?"

로봇의 몸에서 불빛이 빠르게 번쩍번쩍거렸다.

"우선 전구부터."

그 순간 나는 이 모든 것이 꿈이 아니라 현실이라는 사실을 깨달았다. 세상에, 로봇 엄마랑 쇼핑을 가다니!

3

셋이 쇼핑을 갔다.

두 발로 걷는 나와 작은 바퀴가 달린 격자무늬 친구, 그리고 어떻게 걷는지 아리송한 로봇 엄마.

몇몇 사람이 우리를 이상하다는 듯이 바라보았다. 하지만 대부분은 우리한테 별로 신경 쓰지 않았다.

슈퍼마켓 가까이 가자, 로봇 엄마가 '요리법 목

록'을 뒤지기 시작했다.

　내가 조금 피곤하다는 투로 물었다.

　"뭘 찾아?"

　"저한테는 5천 가지의 요리법 목록이 저장되어 있습니다. 아무 거나 먹고 싶은 것을 말하세요. 그러면 제가 재료를 사서 요리해 드리겠습니다."

갑자기 나는 피곤한 느낌이
싹 사라졌다.

내가 큰 소리로 말했다.

"사과 스트루델(과일, 치즈 등
을 밀가루 반죽으로 얇게 싸서 구운
과자 : 옮긴이). 난 그거 엄청 좋아해."

로봇 엄마의 몸에서 불빛이 번쩍거렸다.

"오스트레일리아가 원산지인 과자와 사과 요리.
재료는 밀가루, 소금, 사과……."

격자무늬 친구는 아무 말이 없었다.

계산대에 도착했을 때 로봇 엄마가 말했다.

"안녕하세요, 똑똑한 계산원 아저씨?"

계산원은 별걸 다 본다는 듯한 표정을 지었지만,
아무 말 없이 그냥 물건 값을 계산하기 시작했다.

하지만 로봇 엄마는 거기서 멈추지 않았다.

"제 저울에 따르면, 이 설탕은 무게가 186그램

부족합니다. 계산해 보니 이것은 허용 오차 범위인 5퍼센트를 넘었습니다."

갑자기 침묵이 흘렀다.

계산원이 나를 흘깃 보았다. 계산원의 얼굴은 이렇게 말하고 있었다.

'저것 좀 당장 치워 버려!'

그래서 나는 그렇게 했다.

집으로 돌아오는 길에 나는 기분이 무척 좋았다. 어쨌든 아무나 10억 바이트짜리 로봇과 함께 쇼핑을 할 수 있는 것은 아니니까. 사과 스트루델을 만들 수 있는 10억 바이트짜리 로봇.

나는 로봇 엄마에게 쇼핑 카트를 밀게 하고는 앞장서서 뛰어갔다. 나는 신이 나서 주차 구역을 표시하는 쇠사슬을 훌쩍 뛰어넘기도 했다. 하지만 그건 실수였다.

첫 번째 쇠사슬을 뛰어넘었다. 휙!

두 번째 쇠사슬을 뛰어넘었다. 휙!

세 번째 쇠사슬을 뛰어넘었다. 휙!

하지만 네 번째 쇠사슬을 뛰어넘다 발이 걸렸고, 나는 두 팔을 휘저으며 콘크리트 바닥에 곤두박질 쳤다.

꽈당!

으악, 엄청 아팠다! 무릎에서 피가 났다.

　바닥에 쓰러진 채 당황해서 그저 끙끙 앓는 소리
만 내고 있는데, 로봇 엄마가 가까이에 서 있는 게
보였다. 로봇 엄마는 구슬처럼 맑은 눈빛으로 나를
말똥말똥 보고 있었다.

　"도대체 뭣 때문에 그렇게 했어요?"

　나는 아무 대꾸도 하지 않았다.

"당신은 쇠사슬 높이를 4.5센티미터 잘못 판단
했어요. 그러니까……."

"됐어! 난 다쳤단 말이야! 무릎 아파 죽겠어."

내가 툴툴대자 로봇 엄마는 이렇게 말했다.

"흠, 앞으로 10분에 걸쳐 통증이 서서히 줄어들
거예요."

나는 입속으로 꿍얼거렸다.

"잘났어, 정말!"

나는 비참하게 앉아 있었다. 로봇 엄마는 이런
일에는 별로 쓸모가 없다. 이런 일이 일어나자 진
짜 엄마가 없는 게 아쉬웠다. 하지만 바로 그 시간
에 엄마는 머리를 싸매고 우주선 도킹 시스템에 매
달려 있었으니…….

나는 겨우겨우 걸어서 집에 왔다. 로봇 엄마는
내 무릎을 씻어 주고 반창고를 붙여 주었다. 하지
만 나는 계속 처량한 기분이 들었다.

나는 소파에 털썩 주저앉으며 말했다.

"이런 무릎으로 뭘 할 수 있겠어? 여기 그냥 앉아서 텔레비전이나 볼래."

로봇 엄마는 몇 초 동안 불빛을 번쩍였다. 그러더니 이렇게 말했다.

"그냥 제임스, 당신이 좋아할 만한 것을 찾았습니다. 아픈 다리로도 할 수 있는 일이에요."

내가 퉁명스럽게 물었다.

"뭔데?"

"피리 연습이오."

"피리 연습? 하지만 나는 지난 몇
주 동안 피리를 한 번도 분 적이
없어!"

"그럼 더 잘됐어요. 게다가 저는 음의 높낮이를 완벽하게 알고 있거든요."

4

　학교가 끝나고 집에 가려고 교실 밖 복도를 막 나서려던 참이었다. 내 친구 에디가 수학 숙제가 많다며 투덜거렸다. 에디는 늘 수학 숙제가 많다고 투덜댄다.

　그때 느닷없이 깁스 선생님이 현관문을 확 열어젖히고 복도로 들이닥쳤다. 그러더니 이렇게 소리쳤다.

"아무도 밖으로 나가면 안 돼! 맥핍스 교장 선생
님 명령이야!"

여기저기서 웅성대는 소리가 났다. 이안스 스넬
링은 프랑스 어 과외에 늦겠다며 훌쩍훌쩍 울기 시
작했다.

누군가 물었다.

"왜요? 뭣 때문에 그러는 건데요?"

깁스 선생님은 이맛살을 찌푸렸다.

"어, 운동장에 뭔지 모를······ 이상한 게 있어."

에디가 농담을 했다.

"교장 선생님일 거예요."

"아니, 기계야!"

깁스 선생님의 말을 듣고, 에디가 내 팔을 잡아
끌었다.

"야, 제임스! 혹시 네 새 로봇이랑 관련 있는 거 아니니?"

나는 비명을 지르듯 선생님을 불렀다.

"깁스 선생님!"

"왜, 제임스?"

"그게…… 로봇 같은 건가요? 혹시 불이 번쩍거리고 목소리가 우스꽝스럽지 않던가요?"

"맞아, 제임스. 그런데 왜 그러니?"

"어…… 그게 뭔지 알 것 같아서요."

깁스 선생님이 출입구를 향해 한 팔을 쭉 뻗으며 말했다.

"좋아, 나가 봐!"

나는 현관문을 향해 발걸음을 옮겼다.

"제임스?"

"네?"

내가 멈춰 서자 깁스 선생님이 나를 빤히 바라보

며 말했다.

"조금이라도 불안하면 얼른 안으로 들어와. 알았지?"

"네, 선생님!"

나는 현관문으로 뛰어가서 유리창으로 밖을 내다보았다. 아니나 다를까, 로봇 엄마가 보였다.

나는 살금살금 현관문 앞 계단으로 나갔다. 로봇 엄마는 운동장 한쪽에 서 있었다. 그리고 맞은편에는 마중 나온 부모들과 어린애들이 서 있었다.

잘 모르는 사람들이 보면 로봇 엄마가 꽤 무서울 수도 있겠다는 생각이 문득 들었다.

엄마와 아빠 들은 확실히 걱정스러운 표정을 짓고 있었다. 하지만 어린애들 몇몇은 무척 즐거워 보였다.

아이들이 돌아가면서 한마디씩 했다.

"외계인이다!"

"쓰레기통이다!"

"콤바인(곡식을 베는 일과 탈곡하는 일을 한꺼번에 하는 농업 기계 : 옮긴이)이다!"

빨간 머리 여자 아이가 몸을 부르르 떨며 말했다.

"내 생각에는 터미네이터('끝장내는 사람'이라는 뜻으로, 영화 〈터미네이터〉에 나오는 굉장한 힘을 가진 로봇을 가리키는 말로 자주 쓰인다 : 옮긴이)인 것 같아."

침묵이 흘렀다. 잠시 뒤 누군가 물었다.

"터미네이터? 그게 뭐야?"

빨간 머리 여자 아이가 말했다.

"사람들을 끝장내는 로봇이지. 내 생각에는 레이저가 있을 것 같아. 우리를 버터처럼 쓱싹쓱싹 자를지도 몰라!"

한 어린 사내아이가 소리쳤다.

"나는 끝장나고 싶지 않아!"

다른 어린 사내아이가 외쳤다.

"난 버터처럼 쓱싹쓱싹 잘리고 싶지 않아!"

로봇 엄마가 그 말을 들은 모양이었다. 로봇 엄마는 불빛을 번쩍이며 스피커 소리를 높이더니 이렇게 말했다.

"저는 터미네이터가 아닙니다. 집 안에 있는 나쁜 벌레가 아니면 죽이지 않습니다!"

그리고는 우렁찬 소리로 이어 말했다.

"저는 '그냥 제임스 설리번'이라는 어린 남자 인간을 찾아 플레이스토 거리 33번지로 데려가도록 프로그램되어 있습니다. 그리고 가는 길에⋯⋯."

로봇 엄마가 핑핑거리며 말을 하고 있는 사이, 맥핍스 교장 선생님이 나한테 다가왔다. 교장 선생님은 몹시 피곤한 표정이었다. 보통 때보다 더 피곤해 보였다.

"제임스, 너 정말로 저 기계를 아니?"

"네."

　나는 이러쿵저러쿵 설명을 해 보았지만 생각만
큼 쉽지 않았다.

　교장 선생님은 깜짝 놀라더니 내 말을 자르고는
말했다.

　"하지만 제임스, 로봇이 엄마를 대신할 수는 없
어!"

"네, 네, 알아요. 저 로봇은 그냥 우리 엄마가 잘 못하는 일들만 대신하는 것뿐이에요."

"어떤 거 말이냐?"

"어…… 집안일 거의 다요."

교장 선생님은 눈살을 찌푸렸다.

"정말 별일도 다 있구나! 아무래도 너희 엄마한테 얘기를 좀 들어 봐야겠다."

근처에 서 있던 스넬링네 엄마가 고개를 설레설레 저으며 말했다.

"그러게요! 아이를 걸어 다니는 진공청소기 따위한테 맡길 수는 없지요!"

내가 열을 올리며 말했다.

"아, 저 로봇은 그냥 청소기가 아니에요. 뭐든지 할 수 있어요. 제 속옷도 빨아 주는걸요! 그리고 눈 깜짝할 새에 집을 싹 다 청소해요! 내가 책을 읽는 것도 들어 주는데, 절대로 지루해하지 않아요. 진짜

로 지루한 책을 읽어도 그래요!"

교장 선생님이 뭔가 생각하는 듯 "흠!" 소리를 냈다. 나는 선생님이 지루한 책 이야기에 귀가 솔깃했나 싶었다. 하지만 그게 아니었다.

"눈 깜짝할 새에 집을 싹 다 청소한다고 했니?"

"네."

"좋아, 제임스. 나한테 좋은 생각이 있다."

"네?"

"우리 학교에 청소기가 두 대 있는데 모두 고장 났어. 그런데 곧 '학부모 방문의 날' 행사가 열릴 거야. 그래서 학교를 아주 깨끗이 청소해야 하는데……."

나는 교장 선생님 말대로 할 수밖에 없었다. 우리 때문에 난리 법석이 벌어졌으니, 그 정도는 마땅히 해야 했다.

맥핍스 교장 선생님은 어디에서부터 일을 시작

해야 하는지 알려 주려고 로봇 엄마를 학교 안으로
데려갔다. 그 모습을 보고 한 아이가 손가락으로
가리키며 흥분한 목소리로 외쳤다.

"터미네이터가 교장 선생님을 잡아간다!"

그러자 너도나도 한마디씩 했다.

"교장 선생님을 버터처럼 쓱싹 자를 거야!"

"아니면 인질로 삼거나!"

"아니면 그 두 가지를 다 할
지도 몰라!"

"교장 선생님을 구하자!"

"우리 모두 동시에 뛰어가
서 한꺼번에 덮치자!"

하지만 실제로 뛰어가는 아이는 한 명도 없었다.

교장 선생님과 함께 학교 현관문까지 간 로봇 엄
마가 갑자기 뒤로 획 돌더니, 모여 있는 사람들을
바라보았다. 그러자 모두들 입을 꾹 다물었다.

"안녕하세요, 똑똑한 엄마와 아빠 여러분!"

로봇 엄마가 핑핑거리며 말을 이었다.

"안녕하세요, 똑똑한 어린이 여러분."

로봇 엄마의 앞부분에서 불빛들이 화려하게 번
쩍번쩍거렸다.

"저는 여러분의 학교를 청소할 것입니다. 최선을
다해 쓰레기통을 비우고, 바닥을 물청소하고, 화장

실에서 지저분한 것들을 모두 없앨 것입니다.”

로봇 엄마는 이렇게 말하고는 뒤로 돌아 현관문 안으로 쏙 들어갔다.

빨간 머리 여자 아이가 말했다.

“내가 말했지, 저건 콤바인이 아니라고.”

3시간 뒤, 학교는 먼지 하나 없이 깨끗해졌다. 학교 주방은 우주선 안처럼 반짝반짝 빛났다. 교실마다 모든 책들이 한 권도 빠짐없이 가나다 순서로 정리되었다. 화장실까지도 꽤 근사해 보일 정도였다.

로봇 엄마는 심지어 맥핍스 교장 선생님에게도 서비스를 해 주었다. '평생 잊지 못할 최고의 등 안마'를 해 주었던 것이다.

교장 선생님은 무척 행복해서 정신이 몽롱한 상 태로 우리에게 잘 가라며 손을 흔들었다.

5

엄마가 물었다.

"그래, 로봇하고 함께 살아 보니까 어떠니?"

로봇 엄마는 다른 일을 하고 있고, 우리는 저녁 상을 치우고 있었다.

내가 밝은 목소리로 말했다.

"그런대로 괜찮아요."

나는 초콜릿 무스(크림이나 젤리에 거품을 일게

하여 설탕, 향료를 넣고 차게 한 디저트 : 옮긴이)를
막 세 개째 먹고 있었다.

엄마가 버터를 오븐 속에 넣으며 말했다.

"같이 지내기에 어때?"

나는 버터를 오븐에서 꺼내 냉장고에 넣었다.

"음, 로봇 엄마는 싫증도 전혀 안 내고 화도 안
내요. 그래서 좋아요."

"그래."

"그리고 나한테 악을 쓰지도 않아요. 그것도 좋아요."

"그래."

"그렇지만……."

"그렇지만 뭐?"

나는 뭔가 적당한 말을 생각해 내려고 애썼다.

"음, 로봇 엄마는 사람 같지가 않아요."

"당연하지. 사람 같을 수가 있나."

"로봇 엄마가 나한테 피리 부는 연습을 시킨 적이 있어요. 음 하나하나가 정말 정확했어요. 하지만 재미가 하나도 없었어요."

"흠."

엄마가 얼굴을 찡그렸다.

"그래, 알겠다. 어떻게 하면 로봇 엄마를 좀 더 재미있게 만들 수 있을까?"

나는 생각해 보았다.

"글쎄요…… 농담 같은 걸 하면 좋을 것 같은데."

엄마가 고개를 끄덕였다.

"맞아, 농담! 바로 그거야. 내가 지금 당장 내 데이터베이스를 훑어볼게."

그렇게 해서 로봇 엄마는 농담을 하기 시작했다. 그것도 핑핑거리는 재미없는 말투로 쉴 새 없이. 아침을 먹기도 전에 시작해서 밤에 잠들 때까지 주저리주저리, 주저리주저리. 로봇 엄마에게는 땅돼지에서 얼룩말까지 모든 것이 농담거리가 되었다. 하지만 한 가지 공통점이 있었다. 하나같이 재미없었다!

"스카이콩콩에 해 줄 수 있는 서비스는? 깨끗한 스프링을 끼워 주는 것."

"노란색이면서 나풀거리는 것은? 조각들이 느슨

하게 붙어 있는 레몬."

"항상 잘못 발음하는 낱말은? 잘못."

"코끼리는 몇 시에……?"

"주교가 무엇을……?"

"똑똑, 똑똑……."

정말 소름이 돋을 정도였다.

나는 내 방으로 도망쳐 숨을 수밖에 없었다.

한번은 한밤중에 화장실에 가려고 손으로 더듬거리며 가고 있는데, 로봇 엄마가 느닷없이 나타났다!

"커다란 트렁크(영어에서 트렁크는 짐 가방을 뜻하기도 하지만 '코끼리 코'라는 뜻도 있다 : 옮긴이)를 가진 회색 동물은? 휴가를 떠나는 생쥐."

"왜 프랑스 사람들은 달팽이를 먹을까? 후딱 나오는 패스트푸드를 싫어하니까."

"뚱뚱한 두 남자가 경주를 벌였다. 한 사람은 엄

청 짧은 반바지를 입고 달렸고, 한 사람은 짧은 반
바지를 입고 엄청 달렸다."

　세상에, 그때 나에게 필요한 건 그런 농담이 아
니었다.

　다음날 아침 일찍 나는 엄마를 깨웠다.

　"생각이 바뀌었어요. 농담 말이에요."

　엄마는 졸린 눈을 깜빡거리며 나를 쳐다보았다.

　"농담 싫어?"

　나는 고개를 끄덕였다.

“싫어요.”

“알았다.”

학교에 가자, 에디가 나한테 말했다.

“야, 제임스, 이 농담 들어 봤어? 내가 먹은 시리얼 상자에 쓰여 있던 거야. ‘해골이 왜……?’”

나는 소리를 빽 질렀다.

“그만!”

“그럼 이건 어때? 이런 사람을 뭐라고 부를까요? 그러니까…….”

“그만!”

에디는 이상하다는 듯이 나를 바라보았다.

“난 네가 유머 감각이 있다고 생각했는데.”

“그래, 난 유머 감각 있어. 하지만 농담은 싫어.”

에디는 얼굴을 찌푸리며 말했다.

“그래? 농담 빼면 뭐가 재밌는데?”

나는 생각해 보았다.

"에디, 난 네가 알버트 아인슈타인(미국의 천재 물리학자:옮긴이) 표정 흉내 내면 진짜 재밌더라."

그래서 에디는 지리 시간 내내 알버트 아인슈타인 흉내를 냈다. 그러다 결국 입가에 주름이 잡히고 말았다.

6

학교를 마치고 에디와 나는 거리를 뛰어갔다. 간식을 먹으려고 함께 우리 집으로 가는 길이었다. 가는 길에 우리는 비디오 가게 유리창 안을 들여다보았다. 로봇 엄마는 가로등 옆에서 우리를 기다리고 있었다(로봇 엄마는 아무리 오래 기다려도 투덜대는 법이 없다).

우리가 로봇 엄마한테 갔을 때, 이상한 파란색

곧 출시

불빛이 번쩍거리고 있었다.

"로봇 엄마, 너 괜찮니?"

"모르겠어요, 그냥 제임스. 소변 때문에 내 몸의
금속에 녹이 슬지 않기를 바랄 뿐이에요."

뭐라고? 에디와 나는 서로를 말뚱말뚱 바라보았
다. 로봇 엄마 몸속의 퓨즈가 끊어지기라도 한 것
일까?

"로봇 엄마, 도대체 무슨 소리야?"

불빛이 다시 번쩍거렸다.

"누군가 나한테 오더니 소변을 누고 갔어요."

"소변을 눴다고? 그러니까 너한테 오줌을 쌌다는 거야?"

불빛 하나가 번쩍였다.

"그렇게 표현해도 되겠네요, 네."

우리는 아래를 내려다보았다. 아니나 다를까, 로봇 엄마의 금속 치마 아래로 뭔가 뚝뚝 떨어지고 있었다.

에디는 고개를 절레절레 저었다.

"세상에, 로봇한테 이런 짓을 하다니!"

내가 로봇 엄마에게 물었다.

"누가 그랬어? 어떻게 생겼어?"

"짤따랗고 검은색 곱슬머리였어요."

"어떤 옷을 입고 있었어?"

"목걸이를 하고 있었어요."

"그리고 또?"

"그것뿐이에요. 목걸이밖에 못 봤어요."

에디와 나는 초조하게 주위를 둘러보았다. 목걸이만 하고 있다는 그 사람은 도대체 어디에 있는 걸까?

갑자기 에디가 까르르 웃음을 터뜨렸다.

"로봇 엄마, 다리가, 다리가 몇 개였어?"

나는 에디를 말똥히 바라보았다. 이번에는 '에디 몸속에 있는 퓨즈가 끊어진 것이 아닐까?' 하는 생각이 들었다!

로봇 엄마가 말했다.

"네 개."

내가 소리쳤다.

"네 개라고?"

나는 머리가 빨리 돌아가지 않았다.

"모르겠니, 이 바보야?"

에디가 아까보다 더 크게 까르르 웃었다.

"개가 그런 거야!"

"아!"

나는 로봇 엄마한테 막 화를 냈다.

"왜 진작 개라고 말하지 않았어?"

"당신이 물어보지 않았어요, 그냥 제임스!"

"자, 얼른 로봇 엄마를 데려가서 깨끗하게 싹싹
씻어 주자."

에디가 말하자, 로봇 엄마가 반기며 대꾸했다.

"그건 정말 총명한 제안이에요, 똑똑한 에디."

"고마워, 로봇 엄마!"

에디는 로봇 엄마를 보며 히죽 웃었다.

"그리고 나를 꼭 '똑똑한 에디'라고 안 불러도 돼. 그냥 이렇게 불러. '멋쟁이 에디'라고!"

집에 가는 동안 내내 로봇 엄마는 에디를 정말로 '멋쟁이 에디'라고 불렀다. 에디는 그 말을 듣고 싶어서 로봇 엄마에게 계속 멍청한 질문들을 해 댔다(에디는 진짜 멍청한 질문들을 잘한다). 나는 따분해지기 시작했다.

집에 돌아온 나는 축구를 하고 싶은 기분이 아니었다. 그리고 로봇 엄마가 간식으로 베지 버거(식물성 단백질로 만든 합성고기를 넣은 햄버거: 옮긴이)를 만들었지만 하나도 먹고 싶지 않았다.

"먹어 봐, 제임스. 이 햄버거 진짜 환상적이다!"

에디는 진짜 짜증 나게 하는 모습으로 햄버거를 우적우적 먹어 댔다.

내가 퉁명스럽게 말했다.

"진짜 고기가 들어 있는 보통 햄버거보다 훨씬 맛없어."

로봇 엄마가 뒤로 홱 돌더니 느닷없이 한 팔을 쭉 내밀었다.

"앗, 멈춰!"

내가 소리쳤지만, 로봇 엄마는 아랑곳하지 않고 뭔가로 내 이마를 꼭 눌렀다. 불빛 몇 개가 번쩍이더니 로봇 엄마가 이렇게 말했다.

"그냥 제임스가 기능에 이상이 있는 게 틀림없어요."

멋쟁이 에디가 깔깔 웃었다. 나는 화가 치밀어 로봇 엄마를 뺑 걷어찼다. 쨍!

물론 로봇 엄마는 끄떡없었다. 로봇 엄마의 말대로라면, 나는 기능에 이상이 있었다. 다시 말해, 나는 아팠다.

정말 심하게 아팠다. 덜덜 떨리고(다리), 따갑고(목), 뜨거웠다(온몸). 에디는 자기 집으로 가 버렸다(베지 버거를 하나 더 뚝딱 먹어 치운 다음에). 나는 끙끙 앓는 소리를 내며 기다시피 해서 침대로 갔다.

로봇 엄마가 나를 내려다보며 말했다.

"액체!"

내가 못마땅하다는 투로 물었다.

"뭐?"

"당신은 액체를 많이 마셔야 합니다."

로봇 엄마는 휙 사라지더니, 몇 초 뒤에 오렌지 주스를 한 잔 들고 돌아왔다.

나는 등을 받치고 누워 오렌지 주스를 홀짝홀짝

마시며 내 모습이 참 한심하다고 생각했다. 그렇게 한참 동안 누워 있었던 것 같다.

시간이 얼마나 흘렀을까? 문이 열렸다. 나는 로봇 엄마가 다시 들어오는 거라고 생각했다.

"제임스?"

나는 고개를 들었다. 우리 엄마였다!

엄마는 이틀 동안 휴가를 냈다. 좋았다. 엄마는 주로 노트북인가 뭔가 하는 것을 두드리면서 시간을 보냈다. 하지만 어쨌든 집에 있었다. 그래서 정말 좋았다. 로봇의 체온계가 이마를 짚어 보는 엄마의 손보다 더 정확할지는 모르지만, 느낌은 엄마손이 훨씬 좋았다.

엄마가 다시 직장에 나간 날의 다음날, 대문에서 초인종 소리가 났다. 곧이어 문을 두드리는 소리가 들렸다. 그리고 다시 초인종이 울리더니 몇 초 뒤

로봇 엄마가 호들갑을 떠는 소리가 들렸다.

"안녕하세요, 멋쟁이 에디!"

"좋았어, 로봇 엄마!"

에디가 신이 나서 외쳤다. 그리고 손으로 쇠붙이
를 찰싹 때리는 소리가 들렸다. 곧이어 로봇 엄마
의 펑펑거리는 목소리가 계단을 타고 들려왔다.

"멋쟁이 에디가 그냥 제임스를 방문하러 올라갑

니다. 포도 0.5킬로그램을 가져왔습니다."

잠시 아무 소리도 들리지 않았다.

"멋쟁이 에디가 포도 두 알을 떼서 먹고 있습니다."

계단에서 발소리가 나는가 싶더니, 에디가 방 안으로 들이닥쳤다.

"안녕, 제임스! 많이 아파 보이지는 않는데."

"그래, 많이 좋아졌어."

에디는 포도를 침대에 털썩 내려놓았다.

"우리 엄마가 너 갖다 주라고 하셨어. 씨 없는 포도라더니, 이것 좀 봐!"

에디는 포도 씨를 나한테 툭 뱉었다.

뭐, 에디가 병문안을 어떻게 하는 건지 잘 모를 수도 있다. 하지만 에디는 내 친구이고, 난 친구를 보니 기분이 좋았다.

"별일 없니? 학교에 뭐 재미있는 일 있어?"

에디는 포도 몇 알을 더 우적우적 먹고는 대답했다.

"별로."

"그래도 무슨 일이든 있었을 거 아냐?"

에디가 잠깐 생각해 보더니 대답했다.

"어…… 이안스 스넬링이 책상 위를 뛰어다니다가 혹이 났어."

나는 에디를 쳐다보며 입을 쩍 벌렸다.

"말도 안 돼!"

에디는 얼굴을 찡그렸다.

"다시 생각해 보니, 걔가 아니라 내가 그랬어."

"어유."

우리는 판타지 카드 놀이를 했다. 하지만 에디가 규칙에 대해 이러쿵저러쿵 따지고 드는 바람에 놀이를 그만두었다. 잠시 뒤 에디는 시계를 힐끗 보더니 그만 가 봐야겠다고 말했다.

에디가 일어서며 말했다.

"음, 다음 주에는 꼭 학교에 다시 나와라!"

"그런데 왜 다음 주야?"

"왜긴 왜야? 당연히 수영 축제 때문이지!"

"아, 그렇구나."

에디는 두 팔을 휘저으며 씩 웃었다.

"멋쟁이 에디가 접영으로 멋지게 헤엄치는 모습을 놓치고 싶지는 않겠지? 안 그래?"

몇 초 뒤 문이 쾅 닫히는 소리가 들렸다.

로봇 엄마가 말했다.

"멋쟁이 에디가 건물 밖으로 나갔습니다."

7

일요일 아침이 되자 몸이 정말 많이 좋아진 것 같았다. 그래서 나는 로봇 엄마와 함께 신문하고 초콜릿 우유를 사러 갔다.

집으로 돌아오는 길에 로봇 엄마가 느닷없이 이렇게 말했다.

"이상한 냄새가 나요!"

로봇 엄마 말이 맞았다. 정말로 이상한 냄새가

났다. 뭔가 타는 듯한 고약한 냄새였다. 몇 발짝 더 걸은 뒤, 나는 그 이유를 알 수 있었다.

바로 앞에 연립 주택 건물이 한 채 보였는데, 시커먼 연기가 맨 위층 창문에서 뿜어져 나오고 있었다. 연립 주택 현관문 앞에 사람들이 옹기종기 모

여 있었다. 나보다 조금 어린 사내아이 하나가
잠옷 바지와 운동복 윗도리를 입고 서 있었다.
그 옆에는 어린 여자 애가 이불을 뒤집어쓴 채
서 있었다. 그리고 어른들도 여럿 보였다.

내가 말했다.

"불이다! 저기 있는 사람들은 탈출해서 나온
것 같아!"

우리는 사람들 옆으로 갔다. 모자가 달린 외투를
입은 한 아주머니가 콜록거리고 있었다.

운동복을 입은 한 아저씨가 말했다.

"저 연기 때문에 그래요! 연기가 폐까지 들어간
거예요."

옆에 있던 다른 사람은 이렇게 말했다.

"빨리 빠져나와서 그나마 다행이에요!"

외투를 입은 아주머니가 고개를 끄덕였다. 날씨가 무척 따뜻했는데도 그 아주머니는 덜덜 떨고 있었다.

누군가 말했다.

"소방차가 금방 이리로 올 거예요."

갑자기 잠옷을 입은 사내아이가 다급하게 소리쳤다.

"어니스트하고 에설! 어니스트랑 에설이 집 안에 있어요!"

그 소리에 모두들 온몸이 얼어붙었다.

느닷없이 사내아이가 연립 주택 쪽으로 뛰기 시작했다. 하지만 운동복을 입은 아저씨가 아이를 붙잡았다.

"얘야, 네가 구할 수는 없어. 아무도 할 수 없어. 연기 때문에 죽을 거야."

사내아이는 울음을 터뜨렸다. 그러고는 훌쩍거

리며 말했다.

"에설, 어니스트! 둘 다 죽을 거예요!"

외투를 입은 아주머니가 한 팔로 아이의 어깨를
감싸 주었다.

"괜찮아, 괜찮아. 또 생길 거야."

"그래도 소용없어요. 똑같진 않잖아요! 난 에설
이랑 어니스트가 좋단 말이에요."

사내아이는 그렇게 소리치고는 엉엉 울었다.

"개들은 제 거예요. 개들이 나를 얼마나 믿고 따랐다고요!"

나와 로봇 엄마는 차마 그 장면을 더 지켜볼 수가 없어서 그 자리를 떴다. 몇몇 다른 사람들도 우리처럼 자리를 떴다. 그 사내아이가 참 안됐다는 생각이 들었다. 내가 뭔가 해 줄 수 있으면 참 좋으련만…….

몇 미터쯤 걷다 나는 우뚝 멈추어 섰다. 그리고 소리를 질렀다.

"로봇 엄마!"

사람들이 이야기를 나누고 있다가 한꺼번에 나를 바라보았다.

그다음, 사람들의 눈길이 로봇 엄마에게 향했다.

나는 사내아이의 눈에서 희망이 꿈틀대는 것을 볼 수 있었다.

로봇 엄마는 마치 내가 세탁소에 들러 뭘 가져오라고 부탁한 것처럼 아주 차분하게 행동했다. 아주 짧게 불빛이 번쩍번쩍, 번쩍번쩍 하더니, 쏜살같이 현관문으로 뛰어가 문을 확 열어젖혔다.

내 눈앞에서 로봇 엄마가 사라지자, 나는 슬슬 걱정이 되기 시작했다. 불에 타 버리지는 않을까? 금속도 아주 높은 열에서는 녹는다고 하던데. 만약 엄마가 아끼는 로봇이 망가지면 엄마한테 뭐라고 말해야 할까?

몇 초가 지났지만 로봇 엄마는 모습을 드러내지 않았다. 나는 점점 더 걱정이 되었다. 누가 봐도 아주 작은 연립 주택이었다. 지금쯤이면 로봇 엄마가 밖으로 나와야 할 시간이었다! 게다가 시커먼 연기가 점점 더 많이 나오고 있었다.

갑자기 요란한 소리와 함께 현관문이 확 열렸다. 나는 숨을 죽였다. 로봇 엄마가 구르듯이 밖으로 튀어나왔다. 로봇 엄마는 조금 까매진 듯했지만 그것 말고는 말짱해 보였다. 그리고 금속 팔에 투명한 플라스틱 통이 들려 있었다.

　내 귀에 사내아이가 헉하고 놀라는 소리가 들렸다. 로봇 엄마가 앞으로 걸어 나오자 사내아이는 로봇 엄마 쪽으로 재빨리 뛰어갔다. 우리도 뒤따라가

서 로봇 엄마를 빙 에워쌌다. 우리 모두 아래를 내려다보았다.

플라스틱 통 속 작은 나뭇가지 위에 녹색 대벌레 두 마리가 보였다. 녀석들은 꼼짝도, 꿈쩍도 하지 않았다.

모두들 아무 말도 하지 않았다. 하지만 다들 같은 궁금증을 품고 있었다. 연기가 녀석들을 덮친 것일까? 녀석들은 결국 죽었단 말인가? 죽었는지 살았는지 어떻게 알 수 있지?

그때 느닷없이…… 대벌레 한 마리가 앞발을 흔들었다.

남자 아이는 울음과 웃음을 동시에 터뜨렸다. 다른 사람들은 모두 기뻐하며 환호성을 질렀다. 바로 그때 소방차 소리가 들렸다.

"환상적이었어, 로봇 엄마!"

집으로 가면서 내가 말했다. 그러자 로봇 엄마

는 이렇게 말했다.

"네, 초콜릿 우유를 좋아할 줄 알았어요."

8

나는 학기 말 축제에서 수영을 할 수 없었다. 내가 앓고 난 지 얼마 안 돼서 수영하는 게 무리라고 엄마가 말했기 때문이다.

하지만 수영을 못한 건 오히려 잘된 일이었다. 이유는 두 가지이다. 첫째, 나는 실제로 여전히 좀 어찔어찔한 느낌이 있었다. 둘째, 그 덕분에 축제를 처음부터 끝까지 잘 구경할 수 있었다.

나는 에디가 접영에서 3등을 하는 것을 지켜보았다(에디가 꿈꾼 것만큼 그리 멋지지는 않았다). 그리고 무엇보다도 스넬링네 엄마를 잘 살펴볼 수 있었다. 늘 바쁘고 똑 소리 나게 일을 착착 잘 해내는 스넬링네 엄마. 스넬링네 엄마는 나한테는 늘 대단한 사람이었다. 그런데 내 눈에 씌어 있던 콩깍지가 벗겨졌다.

나는 보았다. 스넬링네 엄마가 체육 선생님인 그레이그 선생님과 수다를 떨고 있는 것을!

나는 또 보았다. 스넬링네 엄마가 자기 아이들에게 마지막 순간까지 뭐라 뭐라 툴툴대며 이래라저래라 다그치는 것을!

나는 또 보았다. 스넬링네 엄마가 간식 시간이

되었을 때 다른 엄마들 앞에서 잘난 척하는 것을!

그리고 아들이 배영에서 우승하지 못하자, 레인이 문제라며 툴툴대는 것도 보았다!

관중석의 오렌지색 플라스틱 의자에 앉아 나는…… 번쩍!…… 빛을 본 듯 깨달았다. 스넬링네 엄마는 똑 소리 나게 일을 착착 잘 해낼지는 모르지만, 아이들을 다그치는 엄마였다. 그것도 아이들을 다그치는 다른 그 어떤 엄마보다 더 심하게. 게다가 조급해하며 안달을 부리는 엄마였다. 똑 소리 나게 일을 잘하는 게 다는 아니다. 그제야 나는 이안스가 왜 그렇게 만날 질질 짜는지 이해할 수 있었다.

내가 이런 것들을 깨닫는 순간, 깜짝 놀랄 일이 벌어졌다. 따지고 보면 그 일은 그레이그 선생님의 잘못이었다.

간식 시간이 거의 다 되었을 때, 그레이그 선생

님은 스넬링네 엄마한테 할 말이 있었다. 그렇다 하더라도 그렇게 크게 소리칠 필요는 없었다.

"누가 스넬링네 어머니 좀 붙잡아 주세요!"

적어도 로봇 엄마가 듣고 있을 때에는 그렇게 말하지 말아야 했다.

누군가 스넬링네 엄마를 붙잡았다.

바로 로봇 엄마였다.

로봇 엄마는 '붙잡다'라는 말을 말 그대로 '붙잡다'로 알아들었다. 그래서 스넬링네 엄마를 '붙잡았다.'

"안녕하세요, 똑똑한 스넬링네 어머니!"

로봇 엄마가 핑핑거리는 소리로 인사를 하며 금속 팔로 부인을 번쩍 들었다.

정말 볼만한 장면이었다. 이건 여러분이 우리 엄마 회사에 말해 줘도 좋은데, 정말로 엄마 회사는 로봇 하나는 튼튼하게 잘 만든다. 그 장면을 보고

몇몇 아이들이 까르르 웃음을 터뜨렸다. 부모들 가
운데 한두 명도 손으로 입을 가리며 키득거렸다.

스넬링네 엄마가 발버둥을 치며 외쳤다.

"나를 놓아줘!"

하지만 그건 실수였다. 엄청나게 큰 실수!

로봇 엄마는 정말로 스넬링네 엄마를 확 놓아 버
렸다. 수영장 바로 옆에서.

　　풍덩!

　　나는 이안스 스넬링에게 눈길을 돌렸다. 그런데
이럴 수가! 이안스 스넬링은 질질 짜고 있지 않았
다. 이안스는 수영장으로 뛰어가서 엄마가 밖으로
나오도록 도와주었다. 나는 이안스가 영 희망이 없
는 아이는 아니라는 생각이 들었다.

9

로봇 엄마와 나는 즐거운 마음으로 집으로 돌아왔다. 그런데 집에 들어서자마자 뜻밖의 물건이 눈에 띄었다. 엄마의 노트북이 책상에 놓여 있었던 것이다. 엄마가 벌써 집에 온 게 틀림없었다. 그런데 왜? 난 심장이 멎는 것 같았다. 엄마가 아픈가? 직장에서 무슨 일이 있었나?

그때 엄마가 거실에서 소리치는 게 들렸다.

"제임스니? 엄마 여기 있다!"

뛰어가 보니 엄마는 소파에 몸을 쭉 뻗은 채 누워 있었다. 창턱에 꽃이 잔뜩 놓여 있었다. 그리고 엄마 앞에 있는 커피 탁자에는 샴페인과 과자들이 놓인 큰 쟁반이 있었다.

"안녕, 엄마! 그런데 이게 다 뭐예요?"

엄마는 나를 바라보며 생글 웃었다.

"엄마가 끝냈어."

나는 엄마를 보며 말했다.

"엄마 말은, 그러니까……."

엄마가 고개를 끄덕였다.

"도킹 시스템."

"도킹 성공했어요?"

"성공했어."

나는 방긋 웃었다.

"엄마 대단하다!"

엄마는 깔깔 웃었다.

"그럼, 대단하지!"

엄마는 팔을 들어 거실 전체를 휘 가리켰다.

"우리 연구소 소장님이 나한테 이걸 모두 보내 주셨어. 저 탄산수가 들어 있는 사과 주스는 너 먹으라고 보내신 거야. 하지만 엄마가 먼저 맛 좀 봐야겠다."

엄마는 잔을 하나 집어 들고는 찔끔 마셨다.

"맛있다!"

나는 사과 주스를 따른 다음, 엄마를 향해 잔을
높이 들었다.

"멋지고 영리한 우리 엄마를 위해! 나는 엄마가

자랑스러워요."

사실 나는 늘 엄마가 자랑스러웠다. 엄마는 평범한 일은 잘 못할지 모르지만, 평범하지 않은 일은 아주 잘한다. 예를 들면 로봇 만드는 일 같은 거.

엄마가 다시 깔깔 웃었다.

"그래, 지난 몇 주 동안 엄마를 잘 이해해 줘서 정말 고맙구나."

나는 조금 당황스러웠다. 사실 엄마를 잘 이해해 주지 못한 때가 가끔 있었기 때문이다.

"음, 로봇 엄마가 많이 도와줬어요."

엄마는 고개를 끄덕였다.

"이제 로봇 엄마를 다시 돌려보내는 게 좋을 것 같다."

"정말로요?"

"응."

엄마는 사과 주스를 한 모금 마셨다.

"로봇 엄마는 내가 도킹 프로젝트를 끝마칠 때까
지만 잠시 빌려 쓴 거야. 지금부터는 엄마가 집에
많이 있을 거야."

나는 가슴이 뛰었다.

"우아, 좋아요!"

나는 잠시 생각해 보았다. 물론 나는 로봇 엄마
의 요리 솜씨가 그리울 것이다. 그리고 집 안 청소
를 비롯해 이것저것 죄다 척척 잘한 것도. 하지만
로봇 엄마는 진짜 엄마와는 비교도 안 된다. 우리
엄마가 지금보다 훨씬 못하더라도 말이다.

사흘 뒤 나는 로봇 엄마의 팔을 토닥거리며 작별
인사를 했다.

"그럼 잘 가!"

로봇 엄마가 핑핑 소리로 말했다.

"안녕히 계세요, 그냥 제임스!"

"네가 만든 초콜릿 케이크는 최고였어!"

"그 말을 요리와 칭찬 항목에 파일로 저장함!"

로봇 엄마의 불빛이 번쩍거렸다.

"당신이랑 멋쟁이 에디랑 일하면서 제 데이터베이스에 많은 것을 넣었어요."

로봇 엄마는 트럭을 타고 떠났다. 점점 멀어지는

차를 가만히 보고 있으니 슬펐다. 슬프다니 정말 뜻밖이었다. 따지고 보면 로봇 엄마는 기계일 뿐인데……. 대벌레 어니스트나 에설처럼 살아 있는 것도 아니었다. 로봇 엄마라고 부르긴 했지만, 사실 엄마는커녕 사람도 아니었다.

트럭이 막 모퉁이를 돌 때 전화벨이 울렸다. 엄마가 전화를 받으러 거실로 갔다. 엄마가 헉하고 놀라는 소리가 들렸다.

"하지만 그건 굉장히 큰 프로젝트예요! 아무튼 저는 방금 약속을……."

사실 나는 엄마의 얘기를 귀 기울여 듣지 않았다. 그것보다는 부엌으로 가서 혹시 저녁으로 먹으라고 로봇 엄마가 뭘 만들어 놓고 가지 않았나 살펴보는 게 더 급했다.

나는 냉장고를 열어 보았다. 텅 비어 있었다. 아주 깨끗했지만 텅텅 비어 있었다.

몇 분 뒤 엄마 목소리가 들렸다.

"제임스?"

거실로 가 보니, 엄마가 야릇한 표정을 지으며
서 있었다. 나는 엄마를 물끄러미 바라보았다.

"왜요, 엄마? 뭐 잘못됐어요?"

"아니, 잘못된 거 없어."

엄마는 살짝 어리둥절해 보였다.

"저기, 방금 깜짝 놀랄 만한 프로젝트를 제안받았어. 완전히 새로운 종류의 로봇에 관한 거야."

"아."

나는 엄마가 지난번 프로젝트를 끝내고 받은 샴페인 병을 내려다보았다. 샴페인은 아직 따지도 않은 상태였다.

엄마는 내 손을 꼭 잡았다. 그리고 나를 소파로 데려갔다. 몇 초 동안 엄마는 아무 말도 하지 않았다. 잠시 뒤 엄마는 나를 빤히 바라보며 말했다.

"네 마음대로 정하면 돼, 제임스. 정말이야."

"내 마음대로? 내 마음대로라니, 무슨 말이에요?"

엄마는 한 손으로 내 얼굴을 어루만졌다.

"음, 일이 그렇게 됐어. 나한테 새로운 일을 맡기고 싶어 하는 사람들이 꼭 내가 그 일을 맡았으면 한대. 처음에 난 안 된다고 했어. 그랬더니 그 사람들이 나한테 4주 동안 시간을 주겠대. 일은 그 뒤에 시작하면 된다고 하면서 말이야."

나는 엄마 눈을 빤히 바라보며 물었다.

"4주요?"

"그래, 4주면 우리 둘이 멋진 일들을 할 수 있을 거야. 너랑 나 둘이서 말이야. 넌 곧 방학이잖아. 우리 정말 신 나게 놀자꾸나."

엄마는 내 무릎을 꼭 움켜쥐고는 말을 이었다.

"하지만 그다음에는 난 다시 일을 해야 해."

나는 고개를 끄덕였다.

엄마는 숨을 크게 한 번 내쉬었다.

"하지만 엄마가 이 프로젝트를 하는 것을 네가 정말로 바라지 않는다면, 난 안 할 거야. 약속할게. 엄마는 약속 잘 지키잖아."

나는 엄마를 쳐다보았다. 정말 어려운 문제였다.

나는 엄마가 아주 오랫동안 나하고만 있기를 바랐다. 엄마는 정신없기는 해도 정말로, 정말로 중요한 때에는 좋은 엄마였다. 이제 나는 그 사실을 잘 알고 있었다.

하지만 나는 엄마가 일을 얼마나 좋아하는지도 잘 알았다.

마침내 나는 결정을 내렸다.

"그 일 하세요, 엄마!"

"오, 제임스!"

엄마는 두 팔로 나를 감싸고는 꼭 안아 주었다.

그때 한 가지 생각이 떠올랐다.

"하지만 로봇 엄마를 다시 집에 오게 할 수 있지요?"

엄마는 내 귀에 대고 웃었다.

"물론 그럴 수 있지. 우리 멋쟁이 제임스!"

옮긴이의 말

여러분은 엄마가 마음에 들지 않을 때가 가끔 있을 거예요. 그래서 다른 사람이 우리 엄마면 좋겠다고 생각해 본 적도 있을 거예요. '뭐든 똑 소리 나게 일을 척척 잘하는 옆집 철수네 엄마가 우리 엄마라면 참 좋을 텐데!' 이런 생각 말이에요. 특히 엄마가 직장에 다녀서 늘 바쁜 경우라면 더욱더 이런 생각이 들 법도 하지요.

그럼 이건 어때요? 바쁜 엄마 대신 살림살이를 해 줄 로봇이 있는 거예요! 그런 일이 이 책의 주인공 제임스한테 일어났어요.

제임스는 엄마한테 불만이 많아요. 제임스네 엄마는 무척 똑똑한 과학자인데, 살림살이는 엉망이거든요. 제임스의 체육복을 잊어버리고 안 빨기 일쑤고, 먹을 것이 떨어져도 제때 제때 사 놓지도 않아요. 그런데 과학자인 제임스네 엄마가 정말로 '로봇 엄마'를 집에 데려왔어요! 눈 깜짝할

98

새에 집을 싹 다 청소하는 대단한 로봇이지요. 간식은 또 얼마나 맛난 것을 해 주는지 몰라요.

이 책에는 로봇 엄마가 온 뒤 벌어지는 소동이 재미있게 그려져 있어요. 그러면서도 엄마의 존재, 엄마의 사랑에 대한 깨달음을 주기도 하지요. 어린이 친구들도 엄마와 함께 즐겁게 읽어 보세요. 새삼 엄마의 소중함과 사랑을 느낄 수 있을 거예요.

김영선